INVENTAIRE
Y² 48359

ROBERT 1965

INVENTAIRE
Y2 48359

ÉTUDE LITTÉRAIRE

SUR

LA PARTIE HISTORIQUE DU ROMAN

DE

PAUL ET VIRGINIE.

Y² 40359

DE L'IMPRIMERIE DE L.-T. CELLOT,

RUE DU COLOMBIER, N° 30.

ÉTUDE LITTÉRAIRE

SUR

LA PARTIE HISTORIQUE DU ROMAN

DE

PAUL ET VIRGINIE,

ACCOMPAGNÉE DES PIÈCES OFFICIELLES RELATIVES AU NAUFRAGE DU VAISSEAU LE SAINT-GÉRAN;

PAR P. E. LÉMONTEY,

DE L'ACADÉMIE FRANÇAISE (INSTITUT ROYAL).

A PARIS,

CHEZ AIMÉ ANDRÉ, LIBRAIRE,

QUAI DES AUGUSTINS, N° 59.

M. DCCC. XXIII.

ÉTUDE LITTÉRAIRE

SUR

LA PARTIE HISTORIQUE DU ROMAN

DE

PAUL ET VIRGINIE.

Il y a près d'un siècle qu'un vaisseau de la compagnie des Indes se perdit sur les attérages de l'Ile-de-France ; du nombreux équipage qui le montait, neuf hommes seuls se sauvèrent et firent séparément au tribunal de la colonie le récit de leur naufrage. Le commandant de l'île Bourbon a récemment découvert cette procédure dans la poussière d'un greffe, et s'est empressé de la faire parvenir en Europe, où l'autorité lui a aussitôt donné place dans son journal des *Annales maritimes.* On s'étonne sans doute qu'après tant d'années l'attention publique soit ainsi appelée sur un accident malheureusement trop commun. Mais ce bâtiment naufragé se nommait *le Saint-Géran*, et c'est sur le Saint-Géran que M. Bernardin de Saint-Pierre a placé la mort sublime et touchante de Virginie. Tel est le privilége des muses, qu'elles charment tout ce qu'elles touchent; les choses aussi-bien que les hommes acquièrent de leur adoption une valeur extraordinaire : dès que les peuples aperçoivent cette vérité, c'est un signe certain qu'ils commencent à se lasser de la barbarie.

Mais, s'il arrive quelquefois au génie d'ennoblir des circonstances vulgaires, souvent aussi, par un juste échange, des faits obscurs fournissent au génie des inspirations inattendues. N'est-ce pas à un mystère joué sur des tréteaux italiens que Milton, voyageur, dut la première idée de son *Paradis perdu?* N'est-ce pas dans les conversations d'un vieillard que le jeune Arouet conçut la *Henriade?* Toujours quelque chose de réel se tient sous l'enveloppe des fables; et l'imagination la plus folle en apparence a eu besoin, comme l'oiseau, de toucher la terre pour prendre son essor.

Sans doute il n'y a pas lieu de comparer la pastorale de *Paul et Virginie* avec les grandes compositions que je viens de citer; mais ce petit ouvrage n'en est pas moins le chef-d'œuvre d'un habile écrivain. M. de Saint-Pierre eut la bonne fortune qu'un auteur doit le plus envier; il rencontra un sujet constitué de telle sorte, qu'il n'y pouvait ni porter ses défauts ni abuser de ses talents. Les parties faibles de cet écrivain, comme la politique, les sciences exactes, et la dialectique, en sont naturellement exclues; tandis que la morale, la sensibilité et la magnificence des descriptions s'y contiennent et s'y fortifient l'une par l'autre dans les dimensions d'un cadre étroit, d'où l'instruction sort sans rêveries, le pathétique sans puérilité, et le coloris sans confusion. Le succès devait couronner un livre qui est le résultat d'une harmonie si parfaite entre l'auteur et l'ouvrage; aussi est-il traduit et relu sans cesse dans toutes les langues qui se parlent en Europe. Le romancier a si bien empreint ses tableaux de vie et de vérité, que nulle part Paul et sa sœur Virginie, madame La Tour, Marguerite, le nègre Domingo et le vieillard de l'Ile-de-France, ne sont des inconnus ni des indifférents; et, si le temps devait un jour emporter les langues vivantes, ne doutons pas que Paul et Virginie, aussi heureux que Daphnis et Chloé, ne retrouvassent des amis, des lecteurs et des larmes dans les dialectes et les peuples qui couvriraient alors la terre.

Je n'ai pas rappelé sans dessein le roman

de Daphnis et Chloé, et plus d'une fois j'ai regretté que la pastorale de Longus et celle de Bernardin de Saint-Pierre ne fussent pas réunies dans le même volume. Le parallèle de ces deux ouvrages, où une situation semblable a été traitée à quinze siècles de distance, présente à l'œil du philosophe le contraste le plus vif et le plus vrai des mœurs, des croyances et de l'état des sociétés à deux époques si éloignées. Avec les petits pâtres de Mytilène, je vois la naïve ignorance, les jeux folâtres, les désirs de l'instinct, les joies naturelles, et un bonheur facile, donné et reçu sans remords, comme le ruisseau de leur prairie qui coule sans art et sans obstacle : chez le couple intéressant de la colonie française, j'admire la franchise, l'innocence, la tendresse, les soins délicats, le devoir, les sacrifices, la bonté aux prises avec l'opinion, la vertu baignée de larmes, et la douleur ne se reposant que dans la tombe. Ce qui est simple dans le tableau antique devient pur dans le moderne ; et si le premier émeut les sens et fait rêver l'imagination, le second exalte l'âme et touche le cœur. Mais ces deux compositions, si différentes dans leur partie morale, offrent, dans leur merveilleux et dans leurs ornements, une autre opposition d'autant plus singulière, qu'elle est presque en sens inverse de la première. Longus, prodiguant les détails mythologiques et l'intervention des dieux, a semé dans son œuvre beaucoup de religion et fort peu de pudeur ; tandis que la plume si chaste de M. de Saint-Pierre, laissant de côté les influences supérieures, et ne s'adressant qu'aux puissances physiques de la nature, passe en revue dans un style admirable les phénomènes de la région équatoriale. Les divinités du rhéteur grec ne sont plus que les météores de l'écrivain français. A cette transmutation du polythéisme en histoire naturelle, nous reconnaissons la victoire de l'esprit humain sur l'antiquité. Le dogme a divinisé la morale, et le télescope a dépeuplé l'Olympe.

M. de Saint-Pierre, ami et disciple de Rousseau, se plut à laisser douter que sa pastorale fût une fiction, ainsi que son maître en avait usé pour la Nouvelle Héloïse. Mais le témoignage des habitants de l'Ile-de-France ayant protesté contre l'existence de la famille qu'il avait imaginée, il se retrancha, dans une dernière préface, à dire que la catastrophe en était véritable. Pour peu, en effet, qu'on étudie l'économie de sa narration, on reconnaît bientôt que le naufrage en est le pivot, et que les faits antérieurs sont un artifice pour rendre ce dénouement plus douloureux. On peut d'autant moins en douter, que l'enchaînement de descriptions, de circonstances et d'épisodes qui précèdent le départ de Virginie pour l'Europe se compose de plusieurs sujets d'origines diverses*, que l'auteur a fondus avec un rare talent.

* Ainsi l'aventure des deux enfants retrouvés par le chien qui a flairé un de leurs vêtements était racontée par M. de Crevecœur dans ses *Lettres d'un cultivateur américain*. Les deux cocotiers qui servent de monument à la naissance de ces enfants sont tirés des Jardins de l'abbé Delille. La grâce de l'esclave fugitif obtenue de son maître irrité avait eu lieu en Pologne sous les yeux de M. de Saint-Pierre, et par la générosité d'une femme qu'il aimait. Ce tableau, digne de l'Albane, ce groupe riant de Paul et Virginie se défendant ensemble de la pluie, avait été fourni à l'auteur par l'industrie de deux enfants du faubourg Saint-Marceau qu'il vit un jour opposer à une averse la jupe de l'un d'eux arrondie en coquille sur leurs deux jolies têtes. Les plaintes d'une éloquence si admirable qu'il met dans la bouche de Paul, après l'embarquement de Virginie, étaient les souvenirs de sa passion, les cris de sa propre douleur, lorsqu'au milieu des fougues de sa jeunesse, l'ordre d'une mère vint arracher de ses bras l'amante qui lui faisait chérir les frimas de Varsovie. Enfin, si l'on compare

Tel a été souvent le secret du génie dans les productions dont l'unité nous frappe le plus; la muse les a formées, comme l'abeille,

les faits réunis par son biographe, on reconnaît qu'il a déposé les affections de son cœur jusque dans la dénomination des personnages de son roman. L'héroïne porte les deux noms de *Virginie La Tour*, et ces deux noms lui rappelaient deux jeunes étrangères, ornées de charmes, de candeur et de vertu, dont la main lui fut offerte, et que sa mauvaise fortune l'obligea seule de refuser : l'une était mademoiselle *La Tour*, nièce du général Du Bosquet, au service de Russie; l'autre, mademoiselle *Virginie* Taubenheim, fille d'un régisseur des fermes à Berlin. La dénomination de *Paul* atteste un emprunt plus singulier. C'est le nom d'un moine franciscain, pour qui Bernardin de Saint-Pierre, encore enfant, s'était pris d'une si vive amitié, qu'on ne put l'en séparer, et qu'il accompagna ce pauvre frère Paul dans une quête au travers de la province de Normandie, préludant pour ainsi dire à ses courses sur les deux hémisphères par la bizarrerie de ce pèlerinage séraphique.

en butinant au hasard sur mille accidents de la vie humaine.

Venons-en donc au fait principal, au naufrage du vaisseau *le Saint-Géran*, que M. de Saint-Pierre a spécialement désigné; et tout curieux que puisse être le parallèle entre la vérité de l'événement et la fiction de l'écrivain, n'y bornons cependant pas notre examen littéraire. Tout ce qu'on peut savoir sur la traversée et sur la perte de ce bâtiment a été consigné dans cinq dépositions faites par les neuf personnes qui échappèrent seules du naufrage, et parmi lesquelles deux seulement savaient signer leur nom. Attendons-nous à un récit commun et sans art, tel qu'il doit se combiner entre un greffier et des matelots illitérés, deux espèces d'hommes très propres à dégager le réel du poétique. J'ai mis de l'empressement à connaître cette grossière fidélité de narrations subalternes, que le hasard seul a révélées; car, je l'avouerai, dans les événements susceptibles d'intérêt, les récits vaniteux des voyageurs me paraissent moins apprêtés pour le triomphe de la vérité que pour la réputation de l'auteur, et les descriptions qu'en font les poëtes se nourrissent trop d'hyperbole et de fiction. Les grands traits, saisis dès le principe par les maîtres, se répètent de siècle en siècle par les imitateurs. Les incendies, les pestes, les batailles, les inondations, ont leur programme héréditaire; et tous les éléments savent, pour ainsi dire, d'avance le rôle qu'ils ont à jouer dans un naufrage classique. Tant de monotonie produit la satiété, et il ne faut plus s'étonner si tant d'honnêtes gens vivent parmi nous dans la défiance des phrases et la crainte des vers. Je croirais avoir rendu service si, dans les confidences de matelots dont je vais parler, il se rencontrait quelque chose de neuf et de vrai, digne de plus nobles pinceaux, quelque chose enfin de cette originalité dont, au milieu de sa richesse, notre littérature éprouve singulièrement le besoin. Cette découverte encouragerait les écrivains à ne pas dédaigner les sources obscures où l'on apprend à n'être plus copiste; car si l'art est borné, la nature est inépuisable. Le succès de M. de Saint-Pierre, qui, depuis trente-quatre années, va toujours grandissant, atteste combien l'observateur indépendant, qui s'adresse sans intermédiaire aux choses réelles, a d'avantages sur l'esprit tout artificiel des écoles qui s'habitue à voir la nature dans les musées, le monde sur le théâtre, et l'homme dans les livres.

Voici le résultat des documents judiciaires, c'est-à-dire le positif dans toute sa rusticité. *Le Saint-Géran*, de 7 à 800 tonneaux, partit de Lorient le 24 mars 1744; il avait un nombreux équipage, et pour officiers MM. *Delamare*, capitaine; *Malles*, premier lieutenant; *Péramont*, deuxième lieutenant; *Longchamps de Montendre*, premier enseigne; *Lair*, deuxième enseigne; le chevalier *Boette*, enseigne surnuméraire. Il arriva le vingt-deuxième jour à Gorée, et y embarqua vingt nègres et dix négresses, tant yolofs que bambaras. Un jeune homme, appelé *Belleval*, et se disant chirurgien, déserta la colonie, et s'introduisit furtivement sur *le Saint-Géran*. On s'avisa de faire travailler au cabestan un des nègres; mais ce pauvre enfant de la nature se laissa étrangler par le tournevire, et sans doute en mourant prit la mécanique pour une divinité malfaisante.

La navigation fut longue et peu intelligente. Dix hommes étaient morts, et un plus grand nombre gisaient sur les cadres, incapables de tout service, lorsque le bâtiment se trouva, le 17 août, à six lieues de l'Ile-de-France, et reconnut les petites îles qui en signalent l'approche. Le ciel était serein, le soir approchait, et les officiers délibérèrent sur ce qu'il convenait de faire. Le capitaine fut d'avis de profiter du beau clair de lune pour dépasser les îles, et mouiller à la grande terre, au lieu appelé *le Tombeau;* mais M. Malles, premier lieutenant, combattit cet avis, en alléguant que si on mouillait au lieu indiqué, il ne resterait pas assez de monde dans le navire pour lever les ancres, attendu le grand nombre des malades. Le nommé Alain Ambroise, premier bosseman, prit alors la parole; et comme il avait été onze mois patron de chaloupe à l'Ile-de-France, il combattit, par des faits positifs, les inconvénients que l'on appréhendait dans le mouillage à la baie du *Tombeau.* Le premier lieutenant, impatienté, lui répondit: « Taisez-vous, je connais la côte mieux que » vous; » et il accompagna cette réplique de deux soufflets. Le capitaine finit par dire à ses officiers: « Vous êtes plus pratiques que

» moi; il y a vingt ans que je ne suis venu » ici, mes idées se sont effacées; prenez la » conduite du vaisseau. » Il fut arrêté qu'on passerait la nuit en tenant la cape sous la grande voile.

M. Longchamps de Montendre, premier enseigne, qui fit jusqu'à minuit le service de quart, gouverna assez bien par les conseils du premier bosseman; mais M. Lair, deuxième enseigne, qui lui succéda, averti deux fois qu'il approchait trop de la terre, n'en tint compte. Soit hasard, soit inquiétude sur une direction trop prolongée dans le même sens, le capitaine Delamare et le premier lieutenant vinrent sur le pont à deux heures et demie, et, réunis à M. Lair, ils se félicitaient mutuellement sur la beauté du ciel, lorsque tout-à-coup la lame jeta le vaisseau sur un brisant avec un tel fracas et un craquement si épouvantable que la perte du navire fut à l'instant jugée sans ressource. Sa position sur le flanc menaçait à chaque moment de le faire chavirer par le poids de la mâture. On ne pouvait s'y tenir debout, et chacun s'attachait aux agrès et dans les haubans. Cette situation désespérée empira encore par l'inégalité du récif qui supportait l'embarcation ; la quille se rompit, et les deux extrémités du bâtiment se soulevèrent : torture singulière qui ne permettait ni de tirer le canon ni d'appeler des secours, et durant laquelle le mouvement le plus léger allait ouvrir l'éternel abyme.

Quoique la population du Saint-Géran ne soit exprimée nulle part avec précision, elle devait être considérable, si on en juge par les malades, qui excédaient le nombre de cent. Aussitôt que le terrible choc se fut effectué, le capitaine fit sonner la cloche; et, à l'exception des mourants, enchaînés sur les cadres, le pont se couvrit d'une foule effrayée; officiers et matelots, hommes et femmes, passagers et marins, libres et noirs, tous égaux par la communauté du péril. A l'ordre du capitaine, l'aumônier chanta l'*Ave Maris Stella* et le *Salve Regina*. Le premier lieutenant lui demanda de faire des vœux à Sainte-Anne-d'Auray, et les vœux furent faits avec solennité. Le prêtre donna ensuite la bénédiction générale à l'équipage prosterné, et chacun s'embrassa et se demanda pardon. Le plus profondément ému de ces pieux et derniers devoirs était le lieutenant Malles, qui avait si indignement outragé le bosseman Ambroise; et de telles disparates ne surprennent point dans les caractères violents. Il paraît, au reste, que ces scènes de terreur ne furent troublées, dans leur affreux silence, que par les cris et les lamentations extraordinaires d'un jeune homme, de ce même aventurier qui s'était échappé de Gorée, et qui, sans doute, ne se consolait pas d'avoir pris tant de peine à chercher la mort.

Le premier rayon du jour apprit à ces malheureux ce qu'il leur restait de moyens de salut. Ils avaient la vue de deux terres à l'égale distance d'une forte lieue. L'une était la côte même de l'Ile-de-France, et l'autre l'île d'Ambre, petite, déserte et d'un abord facile. Une mer calme et unie baignait ces deux refuges; mais pour atteindre ce bassin paisible, il fallait franchir la chaîne des brisants où le navire demeurait suspendu, et dont une mer houleuse et des courants rapides défendaient le passage. La stupeur, la confusion des gens de l'équipage, et le bouleversement du vaisseau fracassé, rendirent très imparfaites les embarcations qu'on essaya de fabriquer. Un radeau mis à la mer s'engloutit sur-le-champ avec soixante personnes qui s'y étaient précipitées. Le moment devenait pressant; tous ceux qui avaient quelque expérience de la mer voyaient se former à l'horizon un grain qui allait consommer la perte du navire. A six heures et demie, la faculté fut laissée à chacun de se sauver comme il aviserait. Les plus résolus se jetèrent dans les flots en s'attachant à quelque débris; les autres n'attendirent pas long-temps la mort sur le navire, qui disparut à tous les yeux, sans qu'aucun témoin ait pu en raconter la dernière catastrophe. Mais de tous ceux qui avaient tenté leur délivrance, neuf seulement arrivèrent successivement à l'île d'Ambre, par un bonheur presque miraculeux, et après environ cinq heures d'incroyables fatigues. Pendant deux jours ils errèrent sur cette plage, abandonnés de la nature entière. Enfin trois d'entre eux, s'étant remis à flot sur une pièce de bois, abordèrent à la côte de l'Ile-de-France, et avertirent un poste de chasseurs. Aussitôt une chaloupe portant quelques soldats, avec du riz et de la viande de cerf, vint recueillir leurs six compagnons mourans. Ces neuf hommes se rendirent au chef-lieu de l'île, annoncèrent le naufrage ignoré du Saint-Géran, et dictèrent les dépositions que M. le baron Milius vient de faire connaître à l'Europe après quatre-vingts ans.

Si l'on s'en tient à ces faits principaux, ils présentent sans doute le tableau d'une infortune touchante, mais vulgaire. L'historien chargé de les transmettre peut seulement observer que jamais la nature ne fut plus innocente d'un naufrage, et que, pour perdre le Saint-Géran, il fallut opposer au calme des vents et à la sérénité du ciel l'imbécillité du capitaine, la brutalité du lieutenant, et l'inexpérience de tous les officiers; et s'il cherche les causes d'un accord si funeste, peut-être les trouvera-t-il dans le régime d'une compagnie de marchands et de gens d'affaires, choisissant des marins loin des ports de mer, et siégeant dans ces capitales somptueuses, où la sollicitation, érigée en métier, offre mille fois par jour aux chances de la fortune l'intrigue, l'ignorance et la présomption.

Mais dans le récit de cet événement, qu'on pourrait appeler *un naufrage de main d'homme*, j'ai réservé quelques faits qui sortent véritablement de l'ordre commun, et que je considère comme éléments de beautés littéraires. D'abord on a dû s'étonner que l'équipage n'ait employé ni la chaloupe ni les canots si nécessaires à un bâtiment échoué. L'obstacle qui les en priva fut en effet d'une étrange nature. On se souvient que le navire, couché sur le flanc, allait être submergé par le poids de la mâture. Le premier soin fut donc de couper les mâts et de les jeter à la mer. Mais cette opération si prudente amena un phénomène inattendu; car aussitôt la mer s'empara de ces énormes débris, et la lame les reporta avec fureur sur le pont du vaisseau. C'est là que ces mâts, devenus plus funestes, promenés comme une faux, ou frappant comme le bélier, fracassent tout ce qui se trouve sur leur passage, et brisent la chaloupe et les bateaux entre les mains de ceux qui alors les dégageaient de leurs liens. Cette destruction fut la circonstance la plus atroce du naufrage, et arracha aux marins un cri de désespoir. Il me semble que ce désastre, neuf, cruel, imprévu, que cet océan, armé pour ainsi dire par ses propres victimes, doivent fournir à l'art des effets terribles, des images pittoresques, que jusqu'à ce jour ni poëte, ni romancier, ni voyageur n'avait soupçonnés. Le premier écrivain qui en fera usage, pour émouvoir les hommes, n'oubliera pas sans doute qu'il les doit à un récit de simples matelots.

Un second fait ne m'a pas semblé moins digne d'attention. J'ai parlé vaguement des efforts que firent quelques-uns des naufragés pour échapper à la mort. Trois ennemis invincibles conspiraient contre eux : les courants qui les entraînaient sur les récifs; les lames qui les y écrasaient ou qui les rejetaient en pleine mer; enfin une foule de débris que le flot roulait, et dont le choc était mortel. Quelle disproportion entre la faiblesse de l'homme et ces puissances de la nature dont il était le jouet comme la plume et la paille! Presque tous y périrent; mais le salut de quelques-uns nous frappe d'admiration. Le matelot *Edme Caret* va nous apprendre ce que peuvent dans un être débile la volonté et le sang froid. Les courants l'ont vaincu; la lame chargée de divers corps flottans s'avance sur lui comme un monstre armé de massues; le matelot nu, haletant, mais non découragé, s'enfonce sous les eaux, cherche de ses mains errantes le fond de leur lit, et s'y retient aux aspérités du rocher, tandis que la montagne humide s'écroule vainement bien au-dessus de sa tête. Plusieurs fois il est contraint à recommencer ce téméraire stratagème; et, quand son front reparaît au jour, il cherche en vain les compagnons qu'il a laissés nageant sur l'abyme. A la place de ce pauvre matelot perdu sous les vagues, supposez un héros antique, Ulysse ou Ajax; peignez-vous le ciel attentif à la lutte du guerrier contre Neptune; voyez enfin l'homme triompher du dieu, en s'attachant à la pierre sous-marine comme le vil crustacé; et dites si la constance humaine a jamais été peinte de traits plus hardis, et si la vérité sortie d'un greffe n'a pas laissé en arrière les fictions homériques.

Ce n'est pas aux images de la poésie, mais aux méditations de la science, qu'appartient une troisième circonstance du naufrage du Saint-Géran. Quoique j'aie dit que neuf personnes seulement se sauvèrent à l'île d'Ambre, il en aborda réellement douze; mais les trois dont je n'ai point parlé, et qui étaient deux matelots et une négresse, moururent presque en touchant la terre. Quoi! cette terre qui était pour ces malheureux le prix de fatigues inouïes, et le terme d'une affreuse anxiété; quoi! ce rivage qui devait inonder leur âme de joie, de calme et de force, brise au contraire leur existence! Qui donc les animait quand la nature entière les accablait? et qui les tue quand le combat a fini, et quand la terreur cesse? Qui nous expliquera cette aberration de la force vitale? L'homme serait-il doué d'une double vie, l'une spirituelle et invisible, l'autre physique et palpable? Peut-on dire que la première, semblable à l'électricité galvanique qui fait encore se mouvoir des corps expirés, soutenait le nageur luttant contre les flots, tandis que la seconde avait déjà succombé? Peut-on ajouter que l'énergie morale s'étant soudainement relâchée par la fin du péril, la mort musculaire a saisi aussitôt le reste de sa proie? Je livre de tels phénomènes à la hardiesse des philosophes, et j'attends qu'ils m'apprennent si, quand le poëte de Ferrare nous montra des paladins qui continuaient de se battre sans s'apercevoir qu'ils étaient morts, son génie fantasque ne s'était pas approché, sans le savoir, d'une vraisemblance physiologique.

Un épisode assez bizarre fera diversion à ces scènes douloureuses. Entre les nombreux passagers du Saint-Géran, un seul, que je n'ai pas distingué dans mon récit des matelots sauvés, un seul, dis-je, échappa; et si la Providence y prit quelque part, ce fut bien pour nous prouver que ses vues sont impénétrables, car ce mortel préféré en était le plus indigne. Il passait dans l'Inde, à la suite d'un colon, pour y exercer un emploi d'opprobre et de férocité, pour y être commandeur de nègres. Le moment du naufrage le trouva endormi, poltron, stupide, et ne sachant même pas nager. A la dernière extrémité, et avec l'aide de deux marins, il rassemble trois avirons de chaloupe, et se met dessus avec les deux matelots. L'un en est séparé par un choc épouvantable, l'autre expire en touchant à l'île d'Ambre, et lui se retrouve à terre sain et sauf, sans pouvoir dire comment, et de même que s'il finissait un rêve. Appelé devant le juge, il trahit, par une délation, son naturel lâche et méchant. « Il y avait à bord, dit-il, un homme de con» dition, qu'on appelait le chevalier d'A...., » et qui venait en ces îles par lettre-de-cachet. » C'était le plus grand scélérat par rapport à » la religion, et le plus grand blasphémateur » qu'il y eût au monde. » Dénoncer un mort, c'est l'œuvre des démons; flétrir le compagnon de son naufrage, c'est bien le procédé d'un gardien d'esclaves. Voilà l'être qui fut sauvé par une sorte de prodige, là où périrent plusieurs centaines d'hommes courageux et intelligens! En vérité, la fortune ne se montre pas plus habile que les autres puissances dans le choix de ses favoris.

Ainsi qu'il en avait le droit, M. de Saint-Pierre usa librement du naufrage du Saint-Géran, et même il en contredit les faits principaux. En vain ce bâtiment a-t-il péri sans témoins derrière un récif, et la colonie n'en a-t-elle été informée que trois jours après; l'auteur de Paul et Virginie n'entoure pas moins cet événement des regards, des cris, des gémissemens et des vains secours des habitans de l'Ile-de-France, parce qu'il fallait des spectateurs passionnés aux scènes dramatiques que son art avait conçues. En vain le dix-septième jour d'août et un ciel serein ont-ils éclairé la perte du Saint-Géran; M. de Saint-Pierre la transporte au 24 décembre, sous les coups d'une horrible tempête, parce qu'il avait besoin d'un ouragan pour compléter dans son roman le tableau de la nature entre les tropiques, qui lui faisait dire avec une satisfaction de poëte : « J'ai eu de » grands desseins dans ce petit ouvrage. » Je me souviens, en effet, que les descriptions contribuèrent beaucoup au succès de vogue qu'obtint la pastorale de Paul et Virginie. Le ciel, les mers et les météores de l'équateur, la physionomie étrangère des animaux et des plantes, leurs noms même inusités et sonores, toute cette nature si splendide et si nouvelle, disposèrent l'âme par le charme et par la surprise à sentir plus vivement le pathétique des récits. On peut de la sorte faire concourir à l'effet général le luxe des ornements, qui n'est de lui-même qu'un hors-d'œuvre insipide tant qu'il se borne à reproduire des images connues. La nouveauté me semble une condition nécessaire du genre descriptif. Il en est de ces peintures inattendues comme des accompagnements d'harmonica, dont se servent les joueurs de prestiges, pour livrer plus sûrement à l'empire des illusions un auditoire ému et troublé d'avance par des sons pénétrants et mystérieux.

M. de Saint-Pierre n'avait pas altéré sans motif les faits principaux du naufrage. Quant aux circonstances particulières, j'en ai cité quatre assez remarquables, dont il n'a point fait mention, et j'en raconterai bientôt deux autres qui ont probablement fourni l'idée mère de sa touchante fiction. Le hasard ne fut pas sans influence sur ces diverses inspirations de l'auteur. La procédure dépositaire des faits devait rester secrète, et il ne put la connaître. Mais la curiosité publique ou l'intérêt privé ne manquèrent pas d'interroger les témoins échappés du Saint-Géran, et il circula des notions imparfaites telles qu'on pouvait les attendre d'hommes que leur éducation mettait au-dessous des classes moyennes de la société. M. de Saint-Pierre, qui arriva dans l'île seize années après l'événement, dut en trouver les traces bien effacées; car les colonies vieillissent sans annales, et presque sans souvenirs, tant les familles s'y renouvellent fréquemment, et les hommes s'y regardent eux-mêmes comme entreposés. Ces comptoirs épars sur l'Océan représentent nos hôtelleries où les gens raisonnables aiment à séjourner peu, et à passer inconnus. Ajoutons que M. de Saint-Pierre ne songea point alors à tirer de l'obscurité la tradition populaire qu'avait pu laisser la perte du Saint-Géran, et que depuis son retour en Europe il s'écoula encore dix-sept ans jusqu'à la publication de Paul et Virginie *.

* Cet espace de 44 ans, écoulé entre le naufrage du vaisseau et la publication du roman, excuse la méprise par laquelle M. de Saint-Pierre donne le nom de *M. Aubin* au capitaine du Saint-Géran, qui s'appelait *M. Delamare*. On doit, au reste, peu regretter qu'il n'ait pas écrit plus près de l'événement; car en général les souvenirs de cet auteur valaient mieux que ses premières impressions. Les sites enchanteurs

Lui reprocherons-nous de n'avoir pas saisi la plume à l'aspect et sous l'inspiration des lieux témoins de l'événement? L'auteur a subi la loi commune; les livres ne sont point une production de l'équateur. Dans cette atmosphère indolente, chargée de langueur et de parfums, respirer est une volupté, vivre est presque un rêve, et le travail est sans attrait, parce que le repos est sans ennui. On dirait qu'à ces latitudes pacifiques, une égale immobilité assoupit les éléments et les nations; il n'y faut rien moins que des ou-

et les forêts embaumées qu'il décrit avec tant de grâce dans *Paul et Virginie* sont représentés comme une terre de cyclopes noircie par le feu, dans le *Voyage à l'Ile-de-France,* qu'il avait antérieurement publié, et où quelques lignes seulement font soupçonner son talent. Un esprit chagrin et une humeur difficile lui montraient les objets présents sous un jour défavorable. Cette algreur s'adoucit dans sa vieillesse, lorsque sa fortune, sa renommée, et son bonheur domestique, furent mieux assurés.

ragans pour troubler le ciel, et des passions terribles pour remuer l'homme.

De tous les faits confiés par l'agile renommée à la mémoire du peuple, les seuls qui surnagent, ou frappaient l'esprit par leur singularité, ou intéressaient le cœur par quelque sentiment naturel : à ce titre, M. de Saint-Pierre put recueillir dans les entretiens des colons de l'Ile-de-France les deux circonstances dont il me reste à parler, et qui revêtirent sous sa plume des formes impérissables. On lit dans la déposition du matelot Janvrin qu'au moment terrible où le vaisseau échoué allait s'engloutir, « *Mademoiselle Maillet était sur le gaillard d'arrière avec M. de Péramont, qui ne l'abandonnait pas.* » Cette indication n'apprend rien ; mais il ajoute aussitôt : « *Mademoiselle Caillou était sur le gaillard d'avant avec MM. Villarmois, Gresle, Guiné et Longchamps de Montendre, qui descendit*

»*le long du bord pour se jeter à la mer, et*
»*remonta presque aussitôt pour déterminer*
»*mademoiselle Caillou à se sauver.*» Que de faits, que d'affections se trouvent dans ce peu de mots, si simples, si négligés! Ce jeune homme qui descend sur les flots pour montrer à une femme le seul moyen de salut qui leur reste, qui remonte pour vaincre sa timidité, et qui, ne pouvant y réussir, abjure sa propre vie, et vient mourir près d'elle, n'est-il pas tendre, délicat, héroïque? La femme de Pœtus, se perçant d'un poignard en présence de son mari, pour le décider à un sacrifice nécessaire, n'offre pas un dévouement plus sublime. Est-ce l'amitié, l'amour ou la seule générosité qui ont inspiré M. Longchamps de Montendre? Que vous importe? Les antécédents d'une si belle action sont inconnus, mais faciles à supposer, et nulle imagination ne peut rester froide ou stérile à la vue d'un pareil résultat. On ne sait, il

est vrai, de mademoiselle Caillou que son nom *, et l'on ignore sa patrie, sa famille, ses mœurs, ses projets. Était-elle jeune ou âgée, belle ou non, intéressante ou vulgaire? Questions oiseuses! Est-ce que la femme pour qui le jeune enseigne du *Saint-Géran* a voulu mourir peut jamais être indifférente? Tout ce que les témoins en auraient dit eût été un obstacle et un larcin au génie de son peintre. Le vrai, quel qu'il fût, aurait

* M. de Saint-Pierre raconte, dans sa préface, qu'ayant rencontré madame de B.** au jardin du roi, elle lui apprit que la *Virginie* qui avait fait naufrage sur le Saint-Géran était sa parente. Je me souviens que dans le temps je demandai à madame de B.** quelque éclaircissement sur ce point, et qu'elle ne put m'en donner aucun. Elle ne savait pas même le nom de sa prétendue parente. Je reconnus facilement que sa confidence avait été une gaieté de créole, et que M. de Saint-Pierre avait pris trop à la lettre la plaisanterie obligeante d'une jolie femme, qui avait voulu l'intéresser, et y avait réussi.

terni l'idéal. Contentons-nous de savoir aujourd'hui quel a été le type historique des deux personnages de Paul et de Virginie de M. de Saint-Pierre ; car ils sont bien à lui, et ceux du *Saint-Géran* n'ont pu les valoir.

On doit à l'autre circonstance du naufrage le grand effet qu'a toujours produit la catastrophe du roman. Quiconque a lu la mort de Virginie n'a pu l'oublier. Cette jeune fille, debout sur la poupe fracassée du navire, rejetant le secours du matelot prosterné à ses pieds, et périssant pour ne pas blesser la pudeur, est une image que rien n'efface, dont le cœur se refuse à discuter la vraisemblance *, et qui porte à l'âme ce qu'il

* Virginie sacrifiant sa vie à sa pudeur n'est point hors de la vraisemblance ; mais j'ai de violents scrupules sur la proposition du matelot. Qu'on engage un officier de marine, qui sait nager, à déposer des vêtements dont la coupe doit prodigieusement le gêner, ce conseil est sage et naturel ; mais il en est tout au-

y a peut-être de plus exquis dans la sensibilité, la douleur mêlée d'admiration. L'instinct de la pudeur, ce mouvement involontaire de la dignité humaine, si vague, si élevé, si impénétrable aux définitions, entoure sa victime d'une sorte de pureté céleste

trement d'une femme, dont le costume, loin d'être une gêne, est propre à la soutenir sur l'eau, et en a ainsi sauvé plus d'une. On sait d'ailleurs combien, sous les feux de la ligne, cet habillement a de légèreté. Enfin, dans la position donnée, au lieu d'ôter ses vêtements à Virginie, le matelot aurait dû les lui faire reprendre, si elle les eût déjà quittés, parce que le vêtement d'une femme est surtout nécessaire au nageur qui veut la sauver, pour la saisir, la soutenir sur l'eau, la ressaisir quand elle lui échappe, et définitivement la conduire à terre. Je ne pense donc pas que, sous le rapport de la vraisemblance, cette invention de M. de Saint-Pierre puisse supporter la critique. Mais la situation est trop entraînante et la jouissance trop vive pour que le lecteur s'avise d'en raisonner les causes ; son profit est d'être trompé.

qui convertit sa mort en apothéose. M. de Saint-Pierre a montré une grande connaissance de son art en écartant de ce sentiment délicat la pensée du devoir religieux, qui eût rendu le sacrifice moins extraordinaire. On sentira encore mieux l'habileté de l'écrivain en connaissant l'élément sur lequel il a travaillé.

Il faut bien le dire ; M. de Saint-Pierre a été généreux pour un sexe aux dépens de l'autre, et la résolution exaltée de Virginie a été dérobée par lui à M. Delamare, à ce pauvre capitaine, qui fut si faible pour commander, et si courageux pour mourir. Écoutons le témoignage d'Edme Caret, son patron de chaloupe. Après avoir disposé la planche où devait se placer le capitaine, et y avoir ajusté les appendices nécessaires pour la traîner lui-même à la nage, « Edme Caret lui dit : Monsieur, quittez *vos vêtemens* *,

* Il y a dans le texte : *Quittez votre veste et votre culotte.*

» vous vous sauverez plus aisément. M. Delamare ne voulut jamais y consentir, disant » qu'il ne conviendrait pas à la décence de » son état d'arriver à terre tout nu, et qu'il » avait des papiers dans sa poche qu'il ne de» vait pas quitter. » On ne saurait affirmer jusqu'à quel point cette résolution, dans laquelle il persista, lui devint funeste; car il se noya dans le trajet, malgré l'admirable dévouement de son patron de chaloupe. Assez d'autres jugeront peu raisonnable cette délicatesse d'un marin. Pour moi, je n'ai pas la force de blâmer une opinion qui appartient à un sentiment noble, et fut consacrée par la mort d'un vieillard estimable et bon, tel qu'on doit se figurer le capitaine du *Saint-Géran*, sur le rapport des gens de son équipage. Quoi qu'il en soit, M. de Saint-Pierre tira de cet incident bizarre la plus forte et la plus neuve des situations de sa pastorale; et, en substituant l'enthousiasme d'une jeune vierge à la susceptibilité d'un homme de mer, il rendit sa fiction moralement plus vraie que la vérité elle-même. Voilà comme un esprit supérieur fait passer les choses du monde réel dans le domaine de l'imagination, et devient créateur autant que la faculté en a été donnée à l'homme.

L'étude à laquelle je viens de me livrer peut être regardée comme un essai de critique expérimentale sur l'emploi des faits dans la littérature. Un vaisseau marchand périt, et des matelots racontent leur naufrage ; eh bien ! d'un événement si commun, et d'une narration si grossière, un écrivain éloquent a tiré son meilleur ouvrage, et j'en ai tiré après lui des traits originaux qui attendent une autre main pour les mettre en œuvre. Il est probable qu'un troisième, en visitant la même source, pourrait faire un usage différent des matériaux empruntés par M. de Saint-Pierre, et ajouter au nombre de ceux que j'ai aperçus. Cette fécondité d'une cause aussi peu notable prouve combien il s'en faut que le sol du Parnasse soit épuisé. L'invention et l'originalité ne semblent rares que parce qu'on les cherche où elles ne sont pas. L'écrivain jaloux de les conquérir opérera comme l'ingénieur des mines, qui ne découvre pas ses trésors sous les riches cultures, mais dans les lieux rudes et sauvages, et, sans être rebuté par l'apparence, sépare l'or des viles matières qui le déguisent. Ces peuplades d'auteurs, occupées sans relâche à reproduire des livres par des livres croient enrichir la littérature; mais elles créent seulement un art mécanique de plus. J'approuve le culte des modèles, et j'en conçois l'idolâtrie. Il est nécessaire de les étudier beaucoup pour allumer son génie et diriger son goût; mais les imiter serait déjà les abandonner, car eux n'ont imité personne.

PROCÈS-VERBAUX

Du naufrage du navire *le Saint-Géran*, aux attérages de l'Ile-de-France, le 17 août 1744, retrouvés en 1821 au greffe de la cour d'appel de l'île Bourbon.

L'an 1744, le 22 août, sont comparus au greffe de cette île, *Pierre Tassel*, de Lorient, bosseman; *Alain Ambroise*, bosseman; et *Thomas Chardrou*, matelot; tous trois réchappés du naufrage du vaisseau le Saint-Géran, lesquels ont déclaré ce qui suit:

Qu'ils étaient partis de Lorient le 24 mars: capitaine, M. Delamare; Malles, premier lieutenant; Péramont, second lieutenant; Longchamps de Montendre, premier enseigne; Lair, second enseigne et écrivain; le chevalier Boette, enseigne surnuméraire.

Le lundi, 17 août, à quatre heures du soir, ayant eu connaissance de l'île Ronde, on serra toutes les voiles, hors le grand hunier, que l'on mit sur le ton, et la misaine. Alors M. Delamare consulta ses officiers sur le parti qu'il y avait à prendre, la terre étant encore à six lieues, et la nuit approchant. Il était d'avis de profiter du beau clair de lune, de donner dans les îles, et de venir mouiller au Tombeau. M. Malles, son second, l'en dissuada, et lui dit qu'il valait mieux mettre à la cape; que le lendemain, au jour, on donnerait dans les îles. Le sieur Lair appuya ce sentiment, et dit qu'il était pratique de la côte, et qu'il n'y avait aucun danger à tenir la cape sous la grande voile. M. Delamare leur dit : « Messieurs, vous êtes » plus pratiques de la côte que moi ; il y a vingt ans » que je suis venu ici sur le Saint-Albin ; mes idées » se sont effacées, et je m'en remets à vous de la » conduite du vaisseau. » On continua d'aller à petites voiles, le cap sur l'île Ronde, jusqu'à six heures et demie qu'on mit à la cape sous la grand'voile, l'amure à babord. A minuit, le sieur Lair prit le quart. Ledit sieur Lair vint à l'avant pour allumer sa pipe, et Pierre Tassel, ici présent, qui était de quart sur le gaillard d'avant, voyant venir le sieur Lair, lui dit : « Monsieur, il me semble que nous ap» prochons bien la terre. » Un moment après, le sieur Lair retournant sur le gaillard d'arrière, le nommé Olivier Brevenne, qui a péri dans le naufrage, dit au sieur Lair la même chose que Pierre Tassel lui avait dite; il répondit à l'un et à l'autre : « Je connais la côte, ne vous embarrassez pas. » Sur les deux heures et demie après minuit, M. Delamare vint sur le pont, et dit au sieur Lair : « Nous avons » assez couru sur ce bord, il faut mettre sur l'autre. » Aussitôt on vira vent arrière; et comme on était près d'amurer la grand'voile à tribord, le devant du navire toucha. La lame, qui était très-grosse, prit le navire en travers, et le poussa sur les récifs. Pierre Tassel cria dans le moment, *Nous sommes perdus!* et sonna la cloche. Tout le monde monta sur le pont, à l'exception de plus de cent hommes qui étaient sur les cadres, si malades qu'ils ne purent se lever. Pierre Tassel fut trouver M. Delamare, et lui demanda s'il ne jugeait pas à propos que l'on coupât les saisines des trois bateaux, et de parer les caliornes pour les mettre dehors; et aussitôt que le sieur Delamare le lui eut permis, ledit Tassel, à l'aide du patron de chaloupe, coupa les saisines des bateaux; et comme ils étaient prêts à crocher les palans sur les bateaux, le grand mât vint en bas du côté de tribord. Dans le même instant, MM. Delamare et

Malles voulurent faire couper le mât d'artimon pour soulager le navire, mais il se cassa et vint à bas sous le vent. M. Delamare envoya son charpentier couper les haubans au vent du mât de misaine; et aussitôt que les haubans furent coupés, ce mât se cassa, et tomba à la mer sous le vent. La lame, qui était extrêmement grosse, ramenait tous ces mâts dans le vaisseau, fracassait les bateaux et le tribord du navire. Un moment après la quille se rompit dans son milieu, et fit relever les deux extrémités du vaisseau. M. Delamare fit donner dans ce moment la bénédiction et l'absolution générale par l'aumônier, qui chanta le *Salve regina* et l'*ave maris stella*. Tout le monde s'embrassait et se demandait pardon les uns aux autres. Pierre Tassel demanda à M. Delamare s'il jugeait à propos de faire couper les jumelles pour servir à sauver le monde; et, sur la permission qu'il lui en donna, il les coupa en deux. Pierre Tassel proposa à M. de Belleval de se sauver avec lui sur un morceau de la lisse; mais ce sieur de Belleval n'eut pas le courage de le suivre. Un moment après, Pierre Tassel vit environ quarante personnes se jeter à la mer à son exemple; mais ils périrent presque tous. Il s'était jeté à la mer sur les six heures du matin, et arriva à l'île d'Ambre sur les onze heures ; et, de moment en moment, il vit arriver ceux de ses camarades qui se sont sauvés. Le premier pilote et une négresse de Guinée arrivèrent au même endroit sur une courbe du navire. Tassel leur donna deux coups de vin d'une barrique qui se trouvait au plein et qu'il défonça ; une heure après, il les trouva morts l'un et l'autre. Après avoir resté deux jours sur l'île d'Ambre, dans l'espérance d'y voir arriver quelques personnes réchappées du naufrage, et ne voyant pas d'apparence après ce temps qu'il pût venir encore quelqu'un, les trois déposans ci-dessus prirent le parti de se mettre sur la jumelle pour regagner la grande terre, laissant six de leurs camarades sur l'île d'Ambre. Effectivement, leur projet leur réussit ; ils arrivèrent au poste des chasseurs, à la mare des Flamands. Aussitôt les chasseurs leur firent du bouillon ; et, sur ce qu'ils leur dirent qu'il y avait six de leurs camarades sur l'île d'Ambre, Lavenant, soldat chasseur, chargea ses camarades de cerf et de riz, et alla avec eux porter des secours et de la nourriture à ceux qui étaient à l'île d'Ambre. L'endroit où le vaisseau est échoué est à plus d'une lieue de la grande terre, et à la même distance de l'île d'Ambre. Pierre

Tassel, qui a fait l'arrimage du vaisseau, dit que l'argent était placé dans l'écoutille de derrière, tout à l'entrée ; et que, si la carcasse du navire était conservée, il serait facile de retirer l'argent qui est contenu dans dix-huit caisses et une barrique ; que le vin de Xérès est sur l'arrière, enterré dans du charbon de terre ; que les chaudières à sucre étaient pareillement enterrées dans du charbon sur l'avant du vaisseau, et que les rouleaux, pour les moulins à sucre, étaient au pied du grand mât, proche l'archi-pompe.

Fait au Port-Louis de l'Ile-de-France, les susdits jour et année 1744, et rédigé et dicté par nous Antoine-Nicolas Herbault, conseiller du roi au conseil supérieur de l'Ile-de-France, commissaire nommé à cet effet.

Signé, HERBAULT et MOLÈRE, *greffiers*.

L'an 1744, le 24 août, à huit heures du matin, sont comparus au greffe les nommés Jean Janvrin, pilotin de Saint-Malo, et Pierre Verger, adjudant canonnier, de Lorient, tous deux réchappés du naufrage du vaisseau *le Saint-Géran*, lesquels ont déclaré ce qui suit :

Que *le Saint-Géran*, sorti de Lorient le 24 mars, vingt-deux jours après arriva à Gorée, où l'on embarqua sur le vaisseau vingt noirs et dix négresses, tant Yolofes que Bambaras. Un de ces noirs fut étranglé par le tournevire en virant au cabestan pour roidir les haubans, et une négresse mourut de maladie. On avait perdu dix hommes morts pendant la traversée; et, en arrivant à la vue de l'Ile-de-France, il y avait plus de cent hommes sur les cadres. Le 17 août, on avait eu connaissance de l'île Ronde. A quatre heures après midi, on mit à la cape sous la grand'voile, l'amure à bâbord, gouvernant au sud-sud-ouest, et sud-ouest; alors M. Longchamps de Montendre était de quart, et avait pour officiers mariniers les nommés Riba et Ambroise. Le quart changea à minuit; M. de Longchamps le remit à M. Lair, qui avait pour officier marinier Me Tassel. Les officiers-majors s'étaient retirés dans leur chambre, et il n'y avait que ledit sieur Lair sur le gaillard. A trois heures du matin, les matelots de l'avant virent qu'on allait se jeter sur les brisans; aussitôt le sieur Lair fit arriver le navire pour virer vent arrière : mais il était trop tard; le vaisseau toucha, et la lame, le prenant en travers, le jeta sur les récifs et dans les brisans. Au coup de talon que le navire donna, tous les officiers sortirent de leur chambre, et vinrent sur le pont en chemise; tout l'équipage criait miséricorde, et demanda des prières pour implorer l'assistance de Dieu. Aussitôt l'aumônier chanta le *Salve* et l'*Ave maris stella*. Maître Tassel coupa les jumelles pour faire des ras; mais il n'en put venir à bout. On voulut couper le grand mât; au premier coup de hache il vint à bas, et entraîna avec lui le mât d'artimon, qui se cassa à plus de neuf ou dix pieds au-dessus du gaillard; ils tombèrent l'un et l'autre sous le vent. On coupa le mât de misaine; et tous ces mâts, qui étaient le long du bord, étaient ramenés dedans par la lame, et fracassaient tout le vaisseau. Sur les cinq heures et demie, six heures, n'y ayant plus de ressource en restant dans le navire, le boulanger se jeta à la mer le premier, et se noya à la vue de tout le monde, ayant un paquet de hardes sur le dos qui l'empêchait de nager. Un moment après, maître Tassel se jeta à la mer, et on le vit nager assez loin sans qu'il lui fût arrivé d'accident, ce qui encouragea les deux déposants. Le nommé Janvin, pilotin, voyant venir un grain et craignant que la mer ne devînt plus mauvaise, se jeta à la mer avec son camarade, sur une planche qu'ils trouvèrent sous leurs mains. Dans ce moment, le sieur de Belleval faisait des cris et des lamentations extraordinaires. Mademoiselle Mallet était sur le gaillard d'arrière avec M. de Péramont qui ne l'abandonnait pas. Mademoiselle Caillou était sur le gaillard d'avant avec MM. Villarmois, Gresle, Guiné et Longchamps de Montendre, qui descendit le long du bord pour se jeter à la mer, et remonta presque aussitôt pour déterminer mademoiselle Caillou à se sauver.

Lesdits déposants disent qu'ils furent long-temps entre la vie et la mort, quoique l'un et l'autre sussent nager parfaitement; que la lame les poussait dans les brisans, et les rapportait aussitôt au large avec une violence à laquelle ils ne pouvaient pas résister; qu'enfin ils passèrent les brisans, et se trouvèrent dans un lieu où la mer était plus tranquille, et qu'ils arrivèrent à la nage à l'île d'Ambre, après avoir été plus de cinq heures dans l'eau; qu'ils furent plusieurs jours à l'île d'Ambre, que les chasseurs y vinrent leur apporter des vivres, et qu'ensuite ils se sont rendus au port par terre.

Fait au Port-Louis de l'Ile-de-France, en la chambre du greffe, susdits jours et an ; rédigé et dicté par nous Antoine-Nicolas Herbault, conseiller du roi au conseil supérieur de l'Ile-de-France, commissaire nommé à cet effet.

Signé, Jean Janvrin, Herbault, Molère.

L'an 1744, le 25 août, sont comparus au greffe les nommés Edme Caret, patron de chaloupe, Jacques Leguain, matelot, charpentier, et Jean Lepage, matelot; tous trois réchappés dn naufrage du vaisseau *le Saint-Géran*, lesquels ont déclaré ce qui suit :

Qu'il y avait sur ce vaisseau un jeune homme âgé de vingt-quatre à vingt-cinq ans, lequel s'était embarqué furtivement sur le navire à Gorée, d'où il avait déserté ; qu'il était chirurgien de profession, et se faisait nommer Belleval, et se disait parent de l'ingénieur du même nom qui passait sur le vaisseau. M. de Belleval ne le reconnaissait pas pour son parent ; ce jeune homme a péri avec les autres dans le naufrage. Le lundi, 17 août, à quatre heures du soir, on eut connaissance de terre ; on cargua et l'on serra les huniers ; on cargua les deux points de misaine, et l'on mit à la cape sous la grand'voile, l'amure à bâbord. Aussitôt qu'on avait vu la terre, M. Delamare avait fait sonner une cloche, et monter tout le monde sur le pont pour faire ses manœuvres, parce qu'il y avait peu de gens de l'équipage en santé, et qu'il y en avait plus de cent sur les cadres.

M. de Montendre prit le quart à six heures jusqu'à minuit; les officiers qui n'étaient pas de quart allèrent se coucher sur les sept heures et demie. A onze heures on cargua les deux points de la grand' voile, on laissa tomber le fond de misaine, on brassa tribord derrière et bâbord devant, afin de tenir le vaisseau en panne, et de ne point faire de chemin jusqu'au point du jour, que l'on comptait donner dans les îles et venir au port. A minuit le sieur Lair prit le quart, et continua la même manœuvre sans y rien changer. Sur les deux heures et demie après minuit, M. Malles vint sur le pont et dit : Voilà beau temps, Dieu merci ; il n'y a qu'à avertir M. Delamare. Un matelot alla avertir M. Delamare, qui vint sur le pont, et s'adressant à M. Malles, lui dit : Mon ami, n'avons-nous pas beau temps? M. Malles répondit oui, et ensuite s'adressant au sieur Végnard, second pilote, il lui demanda : Que dites-vous de la route? Le pilote lui répondit : La route est bonne ; nous avons encore loin à courir comme cela. Sur les trois heures, M. Delamare dit : Nous pouvons arriver; et aussitôt le timonier changea la barre, et on allait laisser tomber le point de la grand'voile sous le vent, lorsqu'on entendit une voix du gaillard d'avant qui criait par exclamation, par plusieurs fois, *terre !* et en même temps le navire se coucha sur les roches. M. Delamare fit sonner la cloche. Les officiers, les gens de l'équipage, vinrent sur le pont et sur les gaillards. M. Delamare fit parer les caliornes et candelettes pour mettre les bateaux dehors ; mais comme il y avait peu de monde en état de monter aux hunes, cette manœuvre se faisait très-mal et lentement. Le navire commença à donner la bande sur tribord ; ensuite le capitaine s'écrie : *Nous allons chavirer !* et en même temps il fit appeler le charpentier, et lui dit de se mettre au pied du grand mât pour le couper quand on l'avertirait. Il dit à maître Ledaim : « Notre » homme, vite un homme à l'étai, prêt à le couper » au premier signal. » Il fit aussitôt couper les haubans du grand mât au vent, et en même temps ordonna que l'on coupât le grand mât à l'étai. On coupa le grand mât, qui, tombant à tribord, entraîna avec lui le mât d'artimon, qui se cassa à quinze ou seize pieds au-dessus du gaillard d'arrière. Aussitôt M. Delamare dit : « Tâchons de mettre la yole dehors, à » bras. » Toutes les saisines des bateaux étaient coupées d'avance; on fit quelques efforts pour mettre la yole dehors; mais comme on était trop peu de monde pour cette manœuvre, on laissa tomber la yole sur le pont. Le navire donna encore plus de la bande, et M. Malles s'écria : *Il faudrait couper le mât de misaine.* M. Delamare y acquiesça, et l'on dit au maître de donner un coup de sifflet pour faire aller les charpentiers en avant; ils frappèrent ensuite sur les mâts et sur les haubans du vent, et le mât tomba à tribord. M. Delamare rappela aussitôt les charpentiers sur le gaillard d'arrière, et leur dit d'apporter des planches pour faire un ras. On prit les mâts de la chaloupe, et un espart qui se trouvait dans les porte-haubans à bâbord; on les mit sur le gaillard d'arrière pour les assembler : mais tout le monde était si troublé, que l'on ne pouvait venir à bout de faire travailler personne. D'ailleurs le vaisseau donnait si fort la bande qu'il était impossible de se tenir debout, et tout le monde était au vent dans les porte-haubans. M. Malles s'écria : « Mes enfans, tâchons de chavirer le canot,

» sur le pont, afin de parer la chaloupe pour qu'elle » vienne à flot lorsque le vaisseau s'ouvrira, pour que » l'on puisse du moins sauver quelques personnes. » Tous ceux de l'équipage en état d'agir descendirent sur le pont pour aider à cette manœuvre : on chavira le canot hors de dedans la chaloupe ; mais en tombant il creva le côté de tribord de la chaloupe, et se brisa lui-même. Tout le monde s'écria, miséricorde ! en voyant tous les bateaux défoncés et brisés. On se rangea au vent du navire pour attendre le jour : au point du jour, on chanta l'*Ave maris stella*, et le *Salve regina*. M. Malles appela ensuite l'aumônier, et lui dit qu'il fallait faire des vœux à sainte Anne d'Auray: les vœux étant faits, il dit à l'aumônier de donner la bénédiction générale. L'aumônier se mit à genoux, et tout l'équipage aussi, et donna la bénédiction générale, en disant : Que Dieu vous pardonne vos péchés ! M. Malles, adressant la parole à tout le monde, dit que s'il avait offensé quelqu'un, il lui en demandait pardon.

Chacun alors commença à faire tous ses efforts pour se sauver ; le boulanger se jeta le premier avec un paquet sur le dos, et se noya tout de suite. Tassel se jeta ensuite ; tout le monde était attentif à ce qu'il deviendrait, pour imiter sa manœuvre. Il fut bientôt paré des lames et hors des brisans; et l'équipage étant encouragé à son exemple, on vit en même temps plus de soixante hommes se jeter à la mer. M. Delamare, s'adressant à Edme Caret, son patron de chaloupe, qui était assis, et examinait avec attention tout ce qui se passait, lui dit : Que vas-tu faire? A quoi il répondit : Je m'en vais chercher une planche ou quelques morceaux de bois pour me sauver. Il alla chercher la planche de la chaloupe. M. Delamare lui dit de mettre deux estropes aux deux extrémités de la planche, ce qu'il fit. M. Delamare descendit à l'escalier pour se tenir tout prêt lorsque Caret mettrait la planche à flot. M. Delamare remonta l'escalier, et parla quelque temps à M. Malles. Caret lui dit : Monsieur, quittez votre veste et votre culotte, vous vous sauverez plus aisément. M. Delamare ne voulut jamais y consentir, disant qu'il ne conviendrait pas à la décence de son état d'arriver à terre tout nu, et qu'il avait des papiers dans sa poche qu'il ne devait pas quitter. Le patron Caret lui demanda ensuite, Jetterai-je la planche? Il lui dit de la jeter, et se mit à cheval dessus. Caret attrapa une des estropes de la planche, et la traînait après lui en nageant, son capitaine dessus. Une lame qui survint poussa la planche dans l'estomac de Caret, et le jeta à plus de quinze pieds; il se releva, revint à la nage, et continua de la haler après lui; il passa les lames et les brisans heureusement, et se trouva avec son capitaine sur un fond où ils avaient pied, et où l'eau ne leur venait que jusqu'à la ceinture. Ce fut en cet endroit qu'ils rencontrèrent Hector, noir libre, domestique de M. Delamare; ce noir était sur un ras fait d'une vergue et d'un espart saisis ensemble. M. Lair, officier, et sept ou huit autres personnes que le patron ne reconnut point, étaient sur le ras. Hector, voyant son maître, lui dit : Venez avec nous; vous serez mieux que sur la planche où vous êtes. M. Delamare fit ce que son noir lui dit; et maître Caret suivit son capitaine, quitta sa planche et se rendit au ras : mais Caret, s'étant aperçu qu'il était trop chargé et qu'il calait, regagna sa planche. Il vit M. Delamare sur le ras gagner beaucoup de l'avant vers la terre; mais un moment après, il aperçut le ras revenir vers lui entraîné par un très-grand courant; il se sentit lui-même ramené, malgré tous ses efforts, dans les lames par un semblable courant, et perdit même sa planche. La mer déployait horriblement dans cet endroit; il fut obligé plusieurs fois de plonger et de s'attacher aux rochers qui étaient dans le fond, pour n'être pas accablé par le poids énorme de la lame qui lui serait tombé sur le corps, et n'être point brisé par la barre d'arcasse et plusieurs autres pièces de bois que la lame roulait avec beaucoup de violence sur sa surface. Il y avait autour de lui, lorsqu'il rentra dans les lames, plus de vingt personnes, et il aperçut M. Delamare sur un ras; mais lorsqu'il plongea la première fois pour éviter les pièces de bois qui l'auraient accablé, en se relevant du fond et revenu sur l'eau après que la lame fut passée, il n'aperçut plus personne autour de lui, et il présume que c'est dans ce moment que M. Delamare périt avec ceux qui l'environnaient. Enfin, après bien des efforts, Edme Caret se vit hors des lames, et trouva heureusement une jumelle sur laquelle il se mit, étant épuisé de fatigue. Après plusieurs autres accidents, où il crut plusieurs fois périr, il gagna un endroit où il avait pied, s'y reposa, et prolongea peu à peu les récifs en poussant sa jumelle devant lui, afin de ne se plus engager dans les courants et les lits de marée qui avaient pensé le faire périr. Jacques Leguain, qui ne se jeta à la mer que plus d'un quart d'heure après Edme Caret, vit tous ces divers incidents lorsqu'il se jeta à la mer. Presque tous les officiers et passagers étaient dans le vaisseau, indécis sur le parti qu'ils devaient prendre. Ledit Leguain dit avoir eu les mêmes accidents que Edme Caret en nageant, qu'il n'a jamais cru pouvoir échapper à la violence de la lame, et qu'il attribue tout cela à une protection de Dieu.

Fait en la chambre du greffe, au Port-Louis, Ile-de-France, les jour et an que dessus, et ledit Caret a signé; et lesdits Jacques Leguain et Jean Lepage ont déclaré ne savoir écrire ni signer. Rédigé et dicté par nous, commissaire susdit.

Signé, EDME CARET, HERBAULT, MOLÈRE.

L'an 1744, le 28 août, est comparu au greffe, Jean Dromat de Saumur, passager sur le vaisseau *le Saint-Géran*, engagé par M. Guiné pour être commandeur sur son habitation à l'île de Bourbon, réchappé du naufrage du susdit vaisseau, lequel a déclaré ce qui suit :

Qu'il était parti de Lorient le 24 mars; que l'on

avait relâché à Gorée; que le reste de la traversée avait été assez heureux. Il y avait dans le vaisseau un passager nommé M. *de Brauhan*, qui mangeait à la table du capitaine, et qui venait en ces îles pour y naviguer; il est mort avant de doubler le cap. Il y avait aussi un soldat qui venait en ces îles par lettre de cachet, que l'on disait homme de condition; il paraissait avoir vingt-cinq ans, se nommait le chevalier d'A...., et était le plus grand scélérat par rapport à la religion, et le plus grand blasphémateur qu'il y eût au monde: M. Delamare avait fait inutilement ce qu'il avait pu pour réprimer l'impiété de ce jeune homme. Le 17 août, à quatre heures de l'après-midi, on vit la terre; on fit petites voiles pour l'approcher et la mieux reconnaître; et à six heures du soir on mit à la cape sous la grand'voile. A trois heures après minuit, le déposant fut réveillé par les cris de tout le monde sur le pont, et par le son de la cloche. Il monta sur le gaillard, et trouva M. Delamare qui sortait de sa chambre en gilet et en culotte, M. Malles en chemise et en culotte, et M. Montendre habillé. Le vaisseau venait d'échouer, et dans cet instant il n'y avait que M. Lair sur le pont. Ne connaissant pas les manœuvres par leur nom, il ne peut rendre compte de ce qui se fit alors ; et tout ce qu'il peut dire, c'est qu'on coupa les haubans du vent du grand mât, qui, en tombant, entraîna le mât d'artimon. On coupa le mât de misaine. On voulut faire un ras ; mais la mer, rapportant les mâts dans le navire, en empêcha. On essaya de mettre les bateaux dehors; on ne put en venir à bout, et ils se brisèrent. Il vit tout le monde se jeter à la mer, et périr presque aussitôt, ce qui l'empêchait de se déterminer à prendre un parti, ne sachant point du tout nager. Enfin, voyant le vaisseau tout fracassé par les mâts et les lames, et prêt à se séparer en morceaux, il aperçut trois avirons de chaloupe dans les porte-haubans; il les lia ensemble, aidé d'un gabier et d'un matelot; ils les mirent à la mer, et lui se mit dessus; le gabier et le matelot s'y attachèrent aussi; et à peine avaient-ils paré la poupe du vaisseau, qu'un coup de mer épouvantable fit lâcher prise au gabier, qui, cherchant à se raccrocher, saisit les cheveux du déposant, qui se tint si ferme sur les avirons, que la poignée de cheveux resta entre les mains du gabier, qui périt à leur vue. Le matelot et le déposant, après avoir été long-temps ballottés par les lames, furent enfin poussés heureusement jusqu'à l'île d'Ambre, sans que ledit déposant puisse dire comment ; le matelot mourut presque en arrivant à terre.

Fait en la chambre du greffe, au Port-Louis, Ile-de-France, susdits jour et an, en la présence de nous, Antoine-Nicolas Herbault, conseiller du roi au conseil supérieur de l'Ile-de-France, et commissaire nommé pour recevoir et dicter les dépositions ci-dessus.

Signé, HERBAULT, MOLÈRE.

L'an 1744, le 28 septembre, est comparu au greffe Alain Ambroise, premier bosseman du vaisseau *le Saint-Géran*, lequel a déclaré ce qui suit, au sujet du naufrage dudit vaisseau:

Qu'ils étaient partis de France le 24 mars, avaient relâché à Gorée, où l'on avait embarqué vingt noirs et dix négresses. Il n'y a eu aucun incident dans leur navigation, qui a été très-heureuse, quoique un peu longue, jusqu'au 17 août qu'ils virent la terre à quatre heures du soir, distance d'environ huit lieues. M. Delamare, capitaine, fit sonner la cloche et dit: Stribord derrière, et bâbord devant pour serrer les huniers. Sitôt les huniers serrés, il fit carguer la misaine, et puis se consulta avec M. Malles, son premier lieutenant, sur la manœuvre qu'ils avaient à faire. L'opinion de M. Delamare fut de pousser jusqu'au Tombeau, où il projetait de mouiller. M. Malles l'en dissuada, disant qu'il n'y avait pas assez de monde dans le navire en état de manœuvrer, pour lever les ancres, lorsque le vaisseau serait mouillé; sur quoi maître Ambroise lui dit : « Monsieur, j'ai » été onze mois, dans ce pays-ci, patron de chaloupe, » et je sais comment on s'y manie : lorsque vous serez » mouillé au Tombeau, vous n'avez qu'à tirer un coup » de canon, et vous aurez aussitôt tous les bateaux » et tous les gens du port à votre bord; et, si ensuite » vous aviez besoin de mille hommes, vous les auriez » peu de temps après; d'ailleurs, vous pourriez filer » vos câbles; les ancres seraient sur un bon fond, et » il serait fort aisé de les ravoir. » M. Malles écouta ce discours impatiemment, et donna deux soufflets au déposant, en lui disant : Taisez-vous; je connais mieux la côte que vous. M. Longchamps de Montendre prit le quart de six heures à minuit, étant à la cape sous la grand'voile; le déposant était l'officier marinier de quart. Sur les onze heures, il passa de l'avant à l'arrière, et dit à M. de Montendre :

Monsieur, nous approchons beaucoup la terre; si vous vouliez, nous laisserions tomber le fond de misaine, le vent dessus, pour faire caler le bâtiment, et ne pas aller trop de l'avant. M. de Montendre y consentit, et aussitôt maître Ambroise fit faire la manœuvre. A minuit le quart changea, et fut pris par M. Lair, enseigne et écrivain, qui fit carguer la grand'voile, mit le vent dans le fond de misaine, et laissa couler le vaisseau de l'avant sous cette voilure. Environ deux heures et demie après minuit, M. Malles se leva, et dit qu'il fallait éveiller M. Delamare : il ne dormait pas alors, et était à lire dans sa chambre; il entendit ce que M. Malles disait, vint sur le gaillard, et dit à M. Malles: Voilà beau temps. M. Malles lui répondit : Oui, monsieur; il n'y a aucun risque. M. Delamare dit au second pilote, qui était de quart alors : Que dites-vous de ce temps-là? Le pilote répondit : Voilà beau temps, il n'y a rien à craindre. Sur-le-champ M. Delamare dit : Il me semble que nous approchons de terre; il serait à propos de mettre sur l'autre bord; et comme il disait cela, le bâtiment toucha de l'avant, la barre du gouvernail cassa. M. Delamare ordonna de sonner la cloche; quand tout le monde fut en haut, il dit de préparer les caliornes pour mettre les bateaux dehors. En parant les caliornes, le bâtiment vint à la bande, et il n'y eut plus moyen de mettre les bateaux dehors. M. Delamare fit donner un coup de sifflet pour que les charpentiers apportassent des haches pour couper le grand mât, et dit à deux officiers mariniers, de passer de l'avant pour couper le grand étai, en même temps de couper le mât de misaine ; tous les mâts tombèrent, et aussitôt le navire se coucha tout-à-fait sur tribord. Tout le monde se mit sur le côté de bâbord pour attendre le jour. Avant le jour, M. Delamare fit donner la bénédiction générale. Quand le jour fut venu, MM. Malles et Delamare dirent de faire un ras avec une vergue de hune, et des bouts-dehors qui étaient dans les grands porte-haubans. Maître Ambroise fit un ras ; on le mit à la mer, mais il fut la cause de la perte de plus de soixante personnes qui se jetèrent dessus à l'envi, et qui le firent chavirer sur eux ; ce qui fit prendre le parti à maître Ambroise de se jeter à la mer, espérant faire un ras pour l'envoyer à bord ; mais il pensa périr plusieurs fois dans les lames, et fut plus de cinq heures à se rendre à l'île d'Ambre. Maître Ambroise a souhaité faire cette déclaration en particulier, qu'il atteste véritable dans toutes ses circonstances. Fait en la chambre du greffe, susdits jour et an.

Signé, Alain Ambroise, Herbault, Molère.

FIN.

*Extrait du Catalogue d'*AIMÉ ANDRÉ, *libraire.*

NOUVELLE GÉOGRAPHIE ÉLÉMENTAIRE à l'usage des colléges et pensions, divisée par leçons, et accompagnée d'un atlas, de 18 cartes, muettes, écrites et coloriées, par J.-B. Poirson, et gravées avec le plus grand soin, donnant toutes les nouvelles découvertes d'après les plus célèbres voyageurs et les dernières divisions de chaque Etat. — Un vol. in-8° et l'atlas in-4°. Paris, 1821. Brochés, 13 fr.
L'atlas in-4° se vend séparément cart. 10 fr.
Chaque carte muette en noir, 50 c.
— Ecrite et coloriée, 75 c.
Il a été tiré un certain nombre de ces cartes avec la projection seulement; prix de la feuille, 40 c.

COLLECTION HISTORIQUE DES ORDRES DE CHEVALERIE CIVILS ET MILITAIRES existant chez les différens peuples du monde; suivie d'un Tableau chronologique de tous les Ordres éteints: par A. M. Perrot. Un vol. in-4° orné de 40 planches gravées en-taille douce et coloriées avec le plus grand soin, représentant les plaques, croix, médailles, rubans, et généralement toutes les marques distinctives des Ordres anciens et nouveaux, au nombre de plus de 500.
Prix broché, 36 fr.
— Papier vélin, cartonné par Bradel, 72 fr.

VIES DES PÈRES, DES MARTYRS ET DES AUTRES PRINCIPAUX SAINTS, tirées des actes originaux et des monumens les plus authentiques, avec des notes historiques et critiques. Ouvrage traduit librement de l'anglais d'Alban Butler, par l'abbé Godescard, chanoine de Saint-Honoré. Nouvelle édition, revue, corrigée et augmentée par M. Nagot, ancien directeur du séminaire de Saint-Sulpice. 14 vol. in-8. Paris, 1820. Prix, 70 fr.

LETTRES DE QUELQUES JUIFS PORTUGAIS, ALLEMANDS ET POLONAIS, A M. DE VOLTAIRE; avec un petit commentaire, extrait d'un plus grand, à l'usage de ceux qui lisent ses œuvres, et *Mémoires sur la fertilité de la Judée*, par M. l'abbé Guénée. Huitième édition, revue, corrigée avec soin, augmentée de notes qui mettent les Lettres de quelques juifs en rapport avec les éditions de Voltaire faites à Kehl, ou leurs réimpressions, et d'une table alphabétique et raisonnée des matières. Versailles, 1817. 1 vol in-8. Prix, br. 7 fr. 50 c.

TRAITÉ D'ÉDUCATION PUBLIQUE ET PRIVÉE DANS UNE MONARCHIE CONSTITUTIONNELLE, ou Principes de philosophie, de sciences, de littérature et de législation, appliqués au développement des facultés de l'homme, à l'amélioration des mœurs et au perfectionnement de l'ordre social. Par P. H. Suzanne, professeur de mathématiques au Collége royal de Charlemagne, membre correspondant de l'académie de Lyon et de celle de Marseille. Paris, 1820. 2 vol. in-8. Prix, 12 fr.

COURS D'ÉTUDES A L'USAGE DES JEUNES GENS, par Condillac, renfermant la *Grammaire*, la *Logique*, l'*Art d'écrire*, l'*Art de raisonner*, la *Langue des calculs* et l'*Etude de l'histoire*. Nouvelle édition, revue, corrigée et augmentée d'une notice sur la vie de l'auteur. Paris, 1821. 10 vol. in-18 ornés de figures pour l'Art de raisonner, et d'un joli portr. de Condillac. br. 15 fr.

SOUSCRIPTIONS.

ŒUVRES

COMPLÈTES

DE JACQUES-HENRI-BERNARDIN

DE

SAINT-PIERRE,

[M]ISES EN ORDRE, ET PRÉCÉDÉES DE LA VIE DE L'AUTEUR,

PAR L. AIMÉ-MARTIN.

Prospectus.

[B]UFFON et BERNARDIN DE SAINT-PIERRE sont, [sa]ns contestation, de tous les grands prosa[te]urs du dix-huitième siècle, ceux qui ont [em]belli l'histoire ou l'étude de la nature des [co]uleurs les plus brillantes. Pour ne parler [i]ci que du dernier de ces écrivains, quelle [ad]mirable pureté de style, quelle richesse [d']expressions, quels tableaux pompeux ou [to]uchans dans ses *Études* et dans ses *Harmo-*

nies de la Nature ! Quelle fraîcheur d'imagination réunie à tout ce que le sentiment a de plus doux et de plus attachant ! Qui peut lire l'histoire de *Paul et Virginie* sans éprouver l'émotion la plus vive, sans pousser des sanglots et sans verser des larmes?

Bernardin de Saint-Pierre est un philosophe, mais un philosophe chrétien, un sag d'autant plus éloquent, qu'il n'enseigne qu cette morale descendue du ciel pour la consolation et le bonheur de l'espèce humaine En prêchant cette morale divine, il la fa aimer par une persuasion qui s'insinue aisément dans les cœurs.

L'édition in-8° des Œuvres complètes d cet aimable auteur, destinée aux grand bibliothèques, est presque épuisée. On cro faire une chose agréable au public, en publiant, par souscription, une édition beaucoup moins chère et d'un format plus commode. Elle est en 19 vol. in-18, aussi complète que l'édition in-8°, et, comme ell enrichie des notes de M. Aimé-Martin, q fut l'ami et qui reçut les derniers soupirs Bernardin de Saint-Pierre. Elle est imprim sur papier fin d'Annonay, avec les beaux caractères de la fonderie polyamatype de M. Henri Didot, et ornée de huit vignettes d'après les dessins de M. Desenne, du portrait de l'auteur dessiné par M. Girodet, et gravé par M. Lignon, et des figures des plantes dont il est fait mention dans l'ouvrage, gravées avec le plus grand soin.

Cette édition trouve bien sa place dans les bibliothèques auprès de celle des Œuvres de J.-J. Rousseau, du même format.

On sait que ces deux écrivains, dont le talent est analogue, étaient liés l'un à l'autre par une amitié qui ne finit que par la mort du citoyen de Genève.

Liste générale des ouvrages de BERNARDIN DE SAINT-PIERRE.

1° VOYAGE A L'ILE-DE-FRANCE, à la suite duquel se trouvent des observations inédites sur la Hollande, la Prusse, la Pologne et la Russie.

2° ÉTUDES DE LA NATURE, avec des notes de l'éditeur. Sous le titre général d'ÉTUDES on comprend encore :

PAUL ET VIRGINIE ;

LA CHAUMIÈRE INDIENNE ;

L'Arcadie;
Un Fragment inédit de l'Arcadie;
Un Fragment inédit du roman de l'Amazone;
Le Café de Surate et le Voyage en Silésie;
L'Éloge de mon ami; les Voyages de Codrus et le Paysan polonais. Opuscules inédits.

3° Harmonies de la Nature, publiées pour la première fois en 1815.

4° Voeux d'un Solitaire et Suite des Voeux d'un Solitaire.

5° Essai sur Jean-Jacques Rousseau, suivi du Parallèle de Jean-Jacques et de Voltaire, fragment inédit.

6° Discours sur l'Éducation des Femmes. Inédit.

7° Dialogues philosophiques :
La Mort de Socrate;
Empsael;
La Pierre d'Abraham. Inédit.

8° Mélanges :
Fragment de Morale;
Théorie de l'Univers; inédit;
Mémoire sur les Marées;
Mémoire sur la nécessité de joindre une Ménagerie au Jardin du Roi;
Différents opuscules.

Ces divers ouvrages formant 19 gros vol. in-18, seront mis en vente en six livraisons de trois volumes chacune. (La Vie de l'auteur sera fournie avec une des livraisons.) La première paraîtra le 1er novembre prochain fixe, et les cinq autres de mois en mois, de manière que la dernière soit fournie le 1er avril 1823.

Le prix de chaque livraison, pour les souscripteurs, est de 7 fr. 50 c.

L'ouvrage devant être entièrement terminé au 1er novembre prochain, les personnes qui désireront retirer les 19 volumes à la fois, ou la moitié, ou même le tiers, pourront le faire à raison de 45 fr. l'exemplaire complet, ou deux francs cinquante centimes le volume, suivant le nombre retiré. Au 1er avril 1823, le prix sera *irrévocablement* fixé à 54 francs pour les non-souscripteurs.

Il a été tiré un petit nombre d'exemplaires sur papier vélin superfin d'Annonay, dont le prix sera de 75 francs.

Les personnes qui voudront recevoir l'ouvrage satiné, auront à ajouter 25 centimes par volume.

ON NE PAIE RIEN D'AVANCE.

ŒUVRES DU COMTE DE TRESSAN, de l'Académie française, précédées d'une Notice sur sa vie et ses ouvrages, par M. Campenon, de l'Académie française. Edition revue et accompagnée de notes par M. Pannelier, 10 vol. in-8°, imprimée par MM. Firmin Didot père et fils, sur papier superfin d'Annonay; ornée du portrait du comte de Tressan, et de douze gravures d'après les compositions de M. Colin, élève de M. Girodet.

Il paraît un volume tous les quarante jours (quatre sont en vente en ce moment). Le prix de chaque volume satiné est de 8 fr. pour les souscripteurs; en grand papier vélin satiné, avec les gravures avant la lettre, 18 fr.; et avec les eaux-fortes, 22 fr. Il a été tiré un petit nombre d'exemplaires sur carré vélin superfin. Prix, avec les figures avant la lettre, le volume 13 fr. A la publication de la dixième et dernière livraison, chaque volume sera augmenté d'un franc pour les personnes qui n'auront pas souscrit.

ŒUVRES COMPLÈTES DE CICÉRON, en latin et en français, nouvelle et très-belle édition, imprimée par M. Crapelet, sur beau papier, 30 vol. in-8°.

Cette nouvelle édition des Œuvres de Cicéron, dont 23 volumes sont déjà publiés, paraît par livraisons de 2 volumes, de deux mois en deux mois. Les traductions nouvelles des divers traités, sont de messieurs Gueroult, Burnouf, Naudet, Gaillard, Leclerc, etc., etc.

M. Leclerc, traducteur des *Pensées de Platon*, professeur de rhétorique au collége de Charlemagne à Paris, est chargé de la correction du texte, et de revoir les traductions anciennes qui seront conservées.

Prix de chaque volume en papier fin, broché, 7 fr.

On souscrit pour ces trois ouvrages, à Paris, chez AIMÉ ANDRÉ, libraire-éditeur, quai des Augustins, n° 59.

*Extrait des principaux articles de fonds d'*Aimé André.

Collection historique des Ordres de Chevalerie civils et militaires existants chez les différents peuples du monde; suivie d'un tableau chronologique de tous les Ordres éteints; par A. M. Perrot. Un volume in-4°, orné de quarante planches gravées en taille-douce, et coloriées avec le plus grand soin, représentant les plaques, croix, médailles, rubans, et généralement toutes les marques distinctives des Ordres anciens et nouveaux, au nombre de plus de 500. Prix, broché, 36 fr.
— Papier vélin, cartonné par Bradel. 72 fr.

Nouvelle Géographie élémentaire, à l'usage des colléges et pensions, divisée par leçons, et accompagnée d'un atlas de dix-huit cartes muettes, écrites et coloriées par J.-B. Poirson, et gravées avec le plus grand soin, donnant toutes les nouvelles découvertes d'après les plus célèbres voyageurs, et les dernières divisions de chaque état. Un vol. in-8°, et l'atlas in-4°. Paris, 1821, broc. 15 fr.
L'atlas in-4° se vend séparément cartonné, 10 fr.

Traité d'éducation publique et privée dans une monarchie constitutionnelle, *ou* Principes de philosophie, de sciences, de littérature et de législation, appliqués au développement des facultés de l'homme, à l'amélioration des mœurs et au perfectionnement de l'ordre social; par P.-H. Suzanne, professeur de mathématiques au collége royal de Charlemagne, membre correspondant de l'Académie de Lyon et de celle de Marseille. Paris, 1820. 2 vol. in-8°. 12 fr.

Cours d'Etudes, à l'usage des jeunes gens, par Condillac, renfermant la grammaire, la logique, l'art de penser, l'art d'écrire, l'art de raisonner, la langue des calculs et l'étude de l'histoire; nouvelle édition, revue, corrigée et augmentée d'une notice sur la vie de l'auteur. Paris, 1821. 10 vol. in-18, ornés de figures et d'un joli portrait de Condillac, br. 15 fr.

Œuvres complètes de J. Racine, avec le commentaire de Geoffroy, dans lequel se trouvent rapportés celui de Luneau de Boisjermain, et les observations de L. Racine. 7 vol. in-8°, avec quinze gravures, dont sept refaites à neuf sur de nouveaux dessins, sept culs-de-lampe et un *fac simile* de l'écriture de Racine. Paris, 1808. Prix, 50 fr.

Vies des Pères, des Martyrs et des autres principaux Saints, tirées des actes originaux et des monuments les plus authentiques, avec des notes historiques et critiques : ouvrage traduit librement de l'anglais d'Alban Butler, par l'abbé Godescard, chanoine de Saint-Honoré; nouvelle édition, revue, corrigée et augmentée par M. Nagot, ancien directeur du séminaire de Saint-Sulpice. 14 vol. in-8°. Paris, 1820. Prix, br., 60 fr.

Sous presse pour paraître incessamment.

Traité de perspective linéaire, à l'usage des artistes, comprenant la théorie des ombres, par Ch. Choquet. 1 vol. in-4°, accompagné de 30 planches gravées, offrant un grand nombre d'applications.

L'auteur s'est particulièrement proposé, en publiant ce traité, de rendre l'étude et la pratique de la perspective simples et faciles aux personnes les plus étrangères aux sciences mathématiques; en même temps qu'il a pris soin de n'émettre aucun principe et de ne donner aucune méthode qui ne fût appuyée sur une démonstration exacte, il n'a rien négligé pour faire de son ouvrage le plus complet de ceux qui ont été composés jusqu'à ce jour dans le même but.

De l'Imprimerie de L.-T. CELLOT, rue du Colombier, n° 30.

On trouve chez le même Libraire :

Œuvres complètes de Jacques-Henri-Bernardin de Saint-Pierre, mises en ordre, et précédées de la vie de l'auteur, par L. Aimé-Martin, 19 gros volumes in-18, ornés de 22 jolies figures; prix, broché. 45 fr.

— Les mêmes, papier vélin, fig. br. 75 fr.

— Les mêmes, 12 volumes in-8°, fig. br. 84 fr.

BIBLIOTHEQUE NATIONALE DE FRANCE
3 7531 00236803 4

www.ingramcontent.com/pod-product-compliance
Ingram Content Group UK Ltd.
Pitfield, Milton Keynes, MK11 3LW, UK
UKHW021227230726
13926UKWH00003B/1289